Bumsgeschichten 4

Impressum

© 2024 Summer Winter

Druck und Distribution im Auftrag der Autorin:

tredition GmbH, Heinz-Beusen-Stieg 5, 22926 Ahrensburg, Deutschland

tredition GmbH, Abteilung "Impressumservice", Heinz-Beusen-Stieg 5, 22926 Ahrensburg, Deutschland.

Vorwort

Sehr verehrte Leser und Leserinnen,

vielen Dank für den Erwerb meines Buches.

Mein Name Summer Winter. Mit diesem Buch möchte ich Sie an meiner Lust und Sexualität teilhaben lassen.

Dieses Buch ist das 4 einer ganzen Reihe. Jedes Buch enthält eine erotische Geschichte. Diese entsprechen zum Teil meinem Leben, meinen realen Erlebnissen. Der Rest ist Kopfkino. Meine Geschichten sind daher eine Mischung aus Wünschen, Sehnsüchten, realen Abenteuern und Masturabtionsfantasien.

Und nun zu mir: Ich wurde im Jahre 1982 in der ehemaligen Sowjetunion geboren. Genauer gesagt in Rybinsk, Sternzeichen Schütze. Wir wanderten 1996 nach Deutschland aus.

Ich bin 162 cm groß und von molliger, aber ästhetischer Figur. Ich habe ein pralles, 95 E-Körbchen. Von Natur aus sind meine Haare blond und meine Augen grün bis bläulich. Meine Haare trage ich seit vielen Jahren kurz und in verschiedenen Farben.

Mittlerweile bin ich schwer tätowiert. Zum Ärger meines Vaters habe ich mir auch die Handrücken tätowieren lassen. So, nun haben Sie auch eine optische Vorstellung von mir in den Geschichten. Aber fühlen Sie sich frei sich auch etwas anderes vorzustellen.

Ich hoffe, ich kann Ihnen mit meinen Fantasien und Erlebnissen eine kleine Freude bereiten und/oder Sie zu erotischen Taten inspirieren ;)

Selbstverständlich würde ich mich über eine positive Bewertung und Weiterempfehlungen sehr freuen. Um das Lesen angenehmer zu gestalten schreibe ich aus meiner eigenen Sicht.

Ihre Summer

Das "Eros" und ich

Es war im Frühling, im Jahr 2016. Die Blumen sprießten und die Bienen tanzten durch die Luft. Die Natur erwachte, ebenso erblühte die Gefühlswelt vieler Menschen, wie auch meine eigene. Zeit für neue Gefühle, Zeit für Liebe und Zeit für Sex. Doch es gab keine Liebe für mich.

Im November 2015 hatte sich mein Freund von mir getrennt (vielleicht verrate ich in einem anderen Buch warum). Für mich änderte sich viel in dieser Zeit. Vor kurzem sollte ich noch bei ihm einziehen. Nun schlief ich wieder täglich zu Hause bei meinem Vater im Märkischen Viertel. Ich versuchte mein Leben wie bisher weiterzuleben, Normalität in den Alltag zu bekommen um unsere gescheiterte Beziehung zu verarbeiten.

Zu dieser Zeit fuhr ich täglich eine dreiviertel Stunde auf die Arbeit und zurück. Vom *"märkischen"* nach Berlin-Mitte. Dort arbeitete ich. Jeden Tag auf meinem Weg zur Arbeit und zurück, sah ich von der Straße aus ein Werbeschild- *"Erotik-Center-Eros"*. Täglich führte mich mein Weg daran vorbei. Und mit jedem Tag wuchs meine Neugier. Als Single brauchte ich Kontakt und Abwechslung, etwas Spaß.

Doch es dauerte einige Zeit bis in mir wirklich der Entschluss reifte das "Eros" zu besuchen. Man weiß ja schließlich auch nicht wem man da alles begegnet. Würde man jemanden kennen? Wären die Leute einem sympathisch oder unsympathisch? Vielleicht sogar unheimlich? Oder würde man auf jemanden stoßen denn man privat kennt? Das wäre sehr peinlich.

Doch mein Entschluss reifte immer mehr. Und Anfang Mai war es soweit. Es war Freitag, ich nahm morgens eine Tasche mit, die ich im Auto verstaute. Ich konnte ja nicht in meinen Arbeitsklamotten dort hingehen. Ich packte deshalb ein paar Sachen zusammen. Einen schwarzen Minirock und ein rosa Netz-Tanktop. Dazu halbhohe schwarze Pumps mit Riemchen und rosa Netzstrümpfe.

Pünktlich um 17:30 Uhr machte ich Feierabend. Meine Kollegen verabschiedeten mich mit freundlichen Grüßen ins Wochenende. Bevor ich im *"Eros"* aufschlagen würde, wollte ich noch eine Kleinigkeit essen. Ich besuchte deshalb noch eine KFC-Filiale in der Nähe. Dann machte ich mich auf den Weg.

Es war gegen 18:20 Uhr, als ich das Gewerbegebiet erreichte in dem das *"Eros"* lag. Ich suchte mir einen abgelegenen Parkplatz um mich umzuziehen. Ich parkte auf dem Bordstein einer Seitenstraße die zwischen einer großen Wellblechhalle und einer Autowaschanlage verlief. Ich versuchte mich mit möglichst wenig Aufsehen in meinem Auto umzuziehen. Das ist gar nicht so leicht in einem alten Peugeot 206. Teilweise musste ich zum Umziehen doch aussteigen. Aber niemand schien mich zu sehen oder zu beobachten.

Ich holte das Make-up aus meiner Handtasche und verlieh mir noch einen letzten Feinschliff. Rote Lippen, Smokey-Eyes und Lipgloss mussten schon noch sein. Dann betrachtete ich mich im Spiegel. Ich haderte mit mir selbst. Meine Augen sahen mich vorwurfsvoll und vorfreudig zugleich an.

Eine Mischung aus Angst, Scham, Ungewissheit, Neugier und tiefer Geilheit erfüllten mich und verdrehten mir den Kopf. Mein Puls raste, kurzzeitig schien mein Herz direkt unter meinem Hals zu schlagen. Ich stieß einen lauten, schrillen Schrei aus um die Nervosität zu bekämpfen und mich zu beruhigen. Die Aufregung herauszulassen wenn man so will.

Ich fuhr mit meinem Auto näher zum Pornokino aber hielt doch noch etwas abseits, keiner sollte mein Nummernschild sehen. Man weiß ja nie. Aus der Ferne sah ich den Eingang des Kinos. Nichts tat sich in dieser Zeit. Ich rauchte noch eine Zigarette um etwas herunterzukommen.

Aber dann war es soweit. Ich schnappte mir meine Handtasche und machte mich auf ins Kino zu gehen. Es war ein moderner Gewerbebau. Eine Stahlhalle, mit Wellblechverkleidungen und pinker Neonbeleuchtung. Über dem Eingang, wie auch auf dem hochprangenden Reklameschild war ein Kussmund abgebildet und daneben der Name *"Eros"*. An der schwarz verkleideten Glasfront des Eingangs standen in weißer Schrift zwei Slogans. *"Komm als Gast, geh als Freund"* & *"Alles kann, nichts muss"*.

Ich schnaufte noch einmal kurz durch und betrat den Laden. Fast alle Läden dieser Art sind gleich. Im Vorderraum befindet sich ein Sex-Shop und im hinteren Bereich das eigentliche Pornokino. Der Eingangsbereich machte einen guten Eindruck.

Es gab eine Theke, die gleichzeitig die Kasse war. Dahinter stand ein älterer Mann, recht gepflegt. Schnell stellte sich heraus das er homosexuell war. *"Einmal Pornokino, fünf Kondome und eine Diät-Cola bitte"*- sagte ich zu ihm. Der Kassierer hieß Heiko. Und er sagte, *"macht fünf Euro für die Cola und die Kondome, der Eintritt für Frauen ist frei"*.

Auf dem Schild stand allerdings etwas anderes. Dort hieß es Männer 15,00 €, Pärchen 10,00 € und Frauen 5,00 €. *"Danke, aber wird dein Chef da nicht sauer"-* fragte ich ihn. Und er antwortete *"Nein. Ich bin der Chef. Frauen sind gut fürs Geschäft"*. Er lächelte mich dabei an. Als ich alles beisammen hatte drückte er auf einen Knopf. Die Eingangstür zum Kino öffnete sich.

Ein fahles, gedimmtes Licht warf sich aus dem Flur. Ich hatte mit einem dunklen Licht gerechnet. In rot, oder blau, so dass man seine Hände kaum sehen könnte. Doch dieses Licht war nur leicht abgedunkelt und hatte einen zarten Gelbstich. Man konnte alles ganz deutlich sehen. Ich stand noch an der Tür und sagte zu Heiko *"das ist ja hell, ich dachte es wäre alles dunkel beleuchtet wie in einem Techno Schuppen"*. Da sagte er einen Satz zu mir an den ich noch heute sehr oft denken muss wenn ich irgendwo bin, *"mein Kino ist sauber, da muss nichts verdunkelt werden"*. *Persönliche Anekdote: Szenekenner wissen was ich meine ;)*

Langsam betrat ich das Kino. Zuerst kam eine Art Vorraum. Auf der linken Seite waren zwei Toiletten und eine Umkleidekabine. Gegenüber war eine *"Raucherlounge"*. Ein separater Raum, mit zugezogenem Vorhang. Darin war ein Monitor. Ich hatte noch nicht reingeguckt, aber das Stöhnen war deutlich zu hören.

Ich ging weiter durch den Flur. Wie groß der Laden war, weiß ich leider nicht. Aber er war rechteckig. Man muss sich vorstellen, dort gab es lauter einzelne Boxen, oder Räume wenn man so will. Willkürlich angeordnet wie geworfene Würfel. Man konnte zwischen den einzelnen Boxen durchgehen. Sie waren auch unterschiedlich groß.

Der Boden war mit großen, grauen Fliesen belegt. Man hatte die einzelnen Räume mit Backsteinen gemacht. Das sah richtig cool aus. Gleich am Anfang stand eine kleinere Box. Die Tür war aus schwarzem Holz. Diese war verschlossen. Neben der kleinen Box stand eine große Box. Ich müsste schätzen, 5x5 m oder 6x6 m, es war der Darkroom, das verriet mir ein Schriftzug an der Wand. Er hatte keine Türen, sondern schwarze Vorhänge als Gummilippen. Ich ging kurz hinein. Dort hing tatsächlich nur eine kleine schwache Glühbirne an der Decke. Es war als wäre es Nacht. Man konnte sehen, aber nur wenig. Und auch nur wenn sich die Augen daran gewöhnt haben.

Ich ging wieder raus, zurück in's Licht. Auf der anderen Seite stand wieder ein kleiner Raum, aber nicht ganz so klein wie der erste. Pärchen-Lounge stand an der Wand. Neugierig schlenderte ich weiter durch die Flure. An den Außenwänden hingen vereinzelt eingerahmte Pornobilder. Hin und wieder auch ein Monitor auf denen Filme liefen. Dann standen auch Sitzgelegenheiten dort. Stets mit Wichstüchern und kleinen Abfalleimern.

Es gab insgesamt 6 Einzelkabinen. Darin waren immer ein Sessel und ein Monitor (inkl. Tücher und Abfall, auch in allen anderen Räumen). Dann waren dort 2 größere Räume für Pärchen. Neben dem großen Darkroom gab es noch die "Zelle". Auf der einen Seite war die Eingangstür. Die Rückseite war fast komplett offen und mit Gitterstäben versehen. Insbesondre Voyeure hatten hier ihren Spaß. In der Mitte stand ein Bett für zwei.

Zwei interessante Räume gab es noch. Einer trug die Aufschrift Spielzimmer. Er war fast so groß wie der Darkroom. Mit Gyno-Stuhl, Andreaskreuz und vielem mehr. Doch dieser Raum interessierte mich nicht. Interessant fand ich den letzten Raum. Die Gloryhole-Kabine.

Zwei kleine Kabinen die direkt nebeneinander lagen. Nur getrennt durch eine dünne Holzwand. Auf Schritthöhe befand sich ein Loch, vielleicht 15 cm im Durchmesser. Ein kleiner Lederhocker stand in der Box. Wahlweise konnte man aber auch eine kleine Ledermatte auf den Boden legen. Wie in jedem Raum, so konnte man hier von innen ein Kuckloch für Spanner öffnen.

Bisher war nur eine Kabine besetzt, die vorne neben dem Darkroom. Ich hatte freie Auswahl und nahm in der Gloryhohle-Kabine Platz. Doch ich musste feststellen, dass der

Freitagabend nicht besonders gut besucht ist. Mehr als 15 Minuten saß ich in der Kabine ohne dass sich etwas tat. Ich sah den Film der im Monitor lief und berührte mich selbst. Das brachte mich schön in Stimmung. Doch umso mehr ich mit meiner Pussy spielte desto gieriger wurde ich nach einem richtigen Schwanz.

Ich schnappte meine Handtasche und verließ die Kabine wieder. Ich streifte durch die Flure. Doch ich traf niemanden an. *"Naja, wird schon noch jemand kommen"* dachte ich mir, es war ja erst kurz vor 19:00 Uhr. Ich wechselte dann in die *"Zelle"*. Wenn mich die Männer gleich sehen können, bleiben sie vermutlich eher.

Und tatsächlich, es dauerte nicht lange, da tauchte der erste endlich auf. Es war nicht gerade ein schöner Mann. Mittleres Alter, durchschnittliches Aussehen. Wir redeten erst kein Wort. Ich saß auf dem Bett in der Zelle und spielte lasziv mit meinen Haaren und meinen Reizen. Der Mann griff sich gleich in den Schritt und drückte an seinem Gehänge herum. Er musste ihn wohl erst in Fahrt in bringen. Dann presste er sich gegen die Gitterstäbe und zog seine Hosen herunter. Er onanierte durch die Gitterstäbe.

Ich ging zu ihm hinüber an die Gitterstäbe. Obwohl ich ihn anlächelte, warf er mir nur einen dumpfen, Recht hohlen Blick zurück, er starrte geradezu. Ich stand vor ihm und berührte mit meiner rechten Hand seinen Schwanz. Ich packte seinen Schaft und prüfte das gute Stück. Er war von durchschnittlicher Größe, das passte zum restlichen Mann. Dann fing ich an seinen Penis zu melken. Ich drücke seinen Pimmel zusammen und fuhr mit der Hand vor und zurück. Immer wieder. Dann berührte ich mit der linken Hand seine Hoden. Ich massierte sie mit strenger Hand.

Kaum begann ich sein Gemächt zu fordern, fing er an zu stöhnen. Ich ging vor ihm in die Hocke. Es lag mir sehr daran einen guten Job zu machen. Wenn ein Schwanz wegen mir steht, möchte ich ihn auch glücklich machen. Ich knetete weiter seine Kronjuwelen und fing an seinen steifen Schwanz zu wichsen. Da passierte es bereits.

Der Fremde spritzte ab. Damit hatte ich nicht gerechnet. Immerhin hatte ich das auch gar nicht beabsichtigt. Sein warmer Saft spritzte mir auf den rechten Arm um verteilte sich auf meiner Hand. Er stöhnte dabei laut auf. Wir waren beide etwas perplex, doch wir sagten keinen Ton. Ich reichte ihm eines der Tücher. Der Fremde wischte sich das Sperma von der Nudel. Wir lächelten uns verlegen an, dann zog er sich die Hosen wieder hoch und verschwand wortlos. *Persönliche Anekdote: Ich denke im Nachhinein das er sich geschämt hat. Er ließ sich auch nicht mehr Blicken an diesem Abend.*

Auch wenn der erste Schwanz eine kleine Enttäuschung war, ließ ich mich nicht entmutigen. Ich wartete auf den nächsten Mann. Ich legte mich auf das Bett. Und während einer der Filme über den Bildschirm flackerte, spielte ich mit den Fingern an meiner glitzernden Perle.

Dann kam der nächste Mann endlich vorbei. Er war deutlich jünger. Vielleicht so alt wie ich. Aber er war gelinde gesagt nicht mein Typ. Hornbrille, bleich wie der Mond und keine erkennbare Körperform. Typ Informatiker, nie in der Sonne oder an der frischen Luft. So sah er zumindest aus. Er blieb an den Gitterstäben stehen und sah mir zu. Er hielt sich mit den Händen an den Stäben fest und beobachtete wie ich mir meine Honigspalte rieb.

Er sagte *"ich bin Kevin"*- und ich dachte mir nur, *"so siehst du auch tatsächlich aus junger Freund"*. Natürlich nannte ich keinen richtigen Namen, ich sagte ich heiße *"Ivanka"*. Aus irgendeinem Grund haben die Männer einen gewissen Respekt wenn man einen russischen Namen sagt.

Ich spielte weiter an meiner feuchten Möse während wir Smalltalk hielten. Kevin fasste sich beherzt in den Schritt. Dann steckte er seine Hand hinein.

Kevin: "Lässt du mich rein"?

Ich: "Nein".

Kevin: "Schade".

Ich: "Hol doch mal deinen Schwanz raus. Dann sehen wir was passiert".

Kevin öffnete seine Hose und holte seinen steifen Penis heraus. Ich stieg auf und ging zu ihm an das Gitter. Wie zuvor bei dem anderen Typen, berührte ich sein Glied. Ich ertastete seine Ausstattung. Ich mag das Gefühl einen steifen Schwanz in der Hand zu halten. Auch sein Penis war durchschnittlich groß.

Als ich seine Hoden zwischen meinen Fingern hin- und her jonglierte und sie etwas drehte wurde sein Luststab richtig hart. Ich streichelte seine Gemächt und lächelte ihn an. Spielerisch biss ich mir auf die Unterlippe und streichelte sie mit meiner Zunge.

Ich: "Willst du das ich dir einen blase Kevin".

Kevin: "Ja, ja"!

Ich: "Aber nicht ohne Gummi".

Kevin: "Na klar".

Ich kniete mich auf den Boden. Dort war eine weiche Auflage angebracht. Das kannte ich bis jetzt noch nicht von Pornokinos. Aber es war sehr praktisch und angenehm. Kevin zückte völlig nervös eine Kondom das er gekauft hatte. Ich nahm es an mich. Vorsichtig öffnete ich die Verpackung. Dann stülpte ich ihm das gute Stück über.

Ohne Vorwarnung nahm ich Kevins Schwanz in den Mund. Genüsslich saugte ich ihn ein. Sein harter Penis glitt über meine weichen Lippen tief in meinen Mund. Kevin stöhnte auf. Allzu oft hatte er so etwas wohl noch nicht erlebt.

Als ich dabei nach oben sah und ihm tief in die Augen blickte strahlte er wie ein Honigkuchenpferd. Er genoss meine zarten Lippen die sich fest um seinen steifen Schwanz schmiegten. Immer wieder fuhr sein

Liebeskrieger tief in meinen Mund. Ich schmatzte und grunzte.

Das lockte Zuschauer an. Zwei weitere Männer kamen dazu und stellten sich an das Gitter. Sie beobachteten wie ich Kevins Nudel polierte. Es erregte sie. Sie öffneten ihre Hosen und begannen an sich herumzuspielen.

Dabei massierte ich weiterhin Kevins Hoden mit festem Griff. Es dauerte keine drei Minuten, da spürte ich wie er sich auf den Abschuss vorbereitete. Seine kleinen Edelsteine vibrierten zwischen meinen zarten Fingern. Sein harter Schwengel schien sich noch einmal richtig aufzubäumen. Wie eine Haubitze vor dem Abschuss und das war es ja auch.

Sein Penis begann in meinem Mund zu zucken und zu zappeln. Ich spürte in meinen Fingern wie sein Körper jeden noch so kleinen Tropfen Sperma aus seinen Eiern pumpte. Und ich konnte auf meiner Zunge fühlen wie sich sein Saft im Gummi verteilte. Dann entließ ich seinen Schwanz aus meinem Mund.

Kevin war höchst zufrieden und lächelte mich an. Er zog sich die Hose wieder hoch und verabschiedete sich mit einem breiten Grinsen. Ich winkte ihm locker aus dem Handgelenk hinterher als er ging. Mein Blick blieb noch kurz bei ihm.

Dann wendete ich mich den anderen beiden Männern zu. Beides älteres Semester mit grauen Haaren und tiefen Furchen im Gesicht. "Na Jungs, ´was machen"? - sagte ich zu den beiden. Der eine schüttelte den Kopf. Er hatte weiterhin die Hand in seiner Hose. Ich sah mir nur eine Weile zu und spielte weiter in der Hose an sich herum.

Der zweite ließ die Hosen dann runter. Er hatte nur einen kleinen Penis, 10 cm wenn überhaupt. Ich nahm seinen Penis zwischen Daumen und Zeigefinger meiner rechten Hand. Ich stand dabei direkt vor ihm. Meine linke Hand massierte sein altes Gehänge.

Es war offensichtlich dass er auch Probleme hatte richtig steif zu werden. Ich versuchte ihm mit DirtyTalk einzuheizen. Und es erregte ihn auch sehr. Doch mehr als halbsteif war nicht drin. Schließlich kraulte ich seinen Intimbereich bis er einen Samenerguss bekam. Auf der einen Seite wirkte seine Darbietung auf mich etwas traurig. Aber auf der anderen Seite war ich glücklich einem alten Mann zum abspritzen gebracht zu haben.

Der alte "Silberrücken" verließ das Kino ziemlich schnell. Der zweite Taschenspieler stand noch an der Seite der Gitterstäbe. Er kuckte um´s Eck, ich konnte nur noch seinen Kopf sehen. Zugegeben, etwas spooky.

Doch der nächste ließ nicht lange auf sich warten. Man hörte immer das Klacken der Tür die sich öffnete und schloss. Ein Mann trat herein. Es dauerte ein paar Momente, er sah sich wohl erst mal um. Dann kam er zur "Zelle".

Er blieb direkt stehen. Auch er entsprach optisch nicht meinem Beuteschema das ich an normalen Plätzen anwende. Aber darum ging es mir heute nicht. Das Aussehen ist mir in Pornokinos egal, solange der Mann gepflegt ist, befriedige ich ihn. Ganz gleich wie er aussieht.

Gerade der Sex mit Menschen die man sonst nie mit nach Hause nehmen würde, ist sehr erregend. Es hat etwas geiles-degradierendes sich Männern hinzugeben, die optisch nicht in derselben Liga spielen. Das hört sich vielleicht etwas respektlos oder gar furchtbar an, ist aber nicht böse gemeint. Sich weit "unter Wert" zu verkaufen ist extrem geil. Auf der einen Seite hat es etwas sehr devotes, auf der anderen Seite fühlt man sich wie eine Prinzessin, ein Männertraum, eine Bumsfee wie sie den Männer wohl nur einmal im Leben begegnet. Vielleicht ist es sogar der Grundgedanke ihnen einen besonderen Moment im Leben zu schenken. Es hat auf jeden Fall auch eine narzisstische Note.

Auf jeden Fall war dieser Mann hier ein anderes Kaliber. Er war kaum größer als ich und hatte eine Halbglatze. Absolut nicht mein Fall. Aber das Gesicht war recht süß. Er müsste Mitte-Ende 20 gewesen sein. Er sprach mich gleich an.

Lukas: "Ich heiße Lukas. Wie heißt du"?

Ich: "Ivanka".

Lukas: "Kann ich rein kommen"?

Ich: "Nein. Ich lass keinen rein. Ich mach nur was durchs Gitter".

Lukas: "Was machst du denn"?

Ich: "Zeig mal deinen Schwanz".

Lukas grinste. Er zog sich die Hose runter und zeigte mir sein Gehänge. Es war halbsteif und schön blank rasiert. Alle anderen waren bisher behaart. Ich ging auf ihn zu und stellte mich vor ihn. Dann griff ich ihm beherzt in den Schritt und lächelte ihn an. Und er fragte mich *"lässt du dich anfassen"*? *"Ja Süßer"* antwortete ich ihm.

Ich zog mein Top aus und ließ die Hüllen fallen. Auch den Rock streifte ich ab. Den Rest behielt ich an, das heißt, die Netzstrümpfe, String und die Pumps. Lukas berührte mich durch die Gitterstäbe. Er fasste mir an den Busen und streichelte meine Nippel. *"Nasch doch mal"*-sagte ich schelmisch zu ihm. Und er tat es.

Lukas leckte mit seiner Zunge an meinen Brustwarzen. Das erregte mich sehr. Damit hatte ich an diesem Tag gar nicht gerechnet. Eigentlich wollte ich mich in der Gloryhohle-Kabine einschließen und ein paar Männer der Reihe nach beglücken. Doch nun stand ich in dieser Zelle und ließ mich begutachten wie ein Stück Fleisch. Eingesperrt wie ein wildes Tier. Und alleine das machte Stimmung in meinem Schlüpfer.

Lukas saugte an meinen steifen Knospen und liebkoste meinen Busen. Dabei beugte er sich etwas nach unten und griff mir an den Po. Er knetete meine Pobacken knabberte an meinen Nippeln. Im Hintergrund versammelten sich ein paar übrige Voyeurwichser. Sie sahen uns dabei zu. Wahrscheinlich hätte der ein oder andere gerne mitgemacht, traute sich aber nicht.

Ich trat einen Schritt zurück und holte eines der Kondome die ich gekauft hatte. Dann kniete ich mich voller Vorfreude an die Gitterstäbe. Lukas steckte seinen harten Prügel durch die Stäbe. Sein Penis war richtig geil. Nicht zu groß, nicht zu klein, nicht zu dünn, nicht zu dick. Ich schätze mal knapp unter 20 cm.

Mit zarter Hand streifte ich ihm den Pariser über. Dann leckte ich ihm seine blank rasierten Eier. Meine Zunge schmiegte sich an seine Hoden. Ich spielte mit ihnen, ich hob sie an, schob sie zur Seite. Ich saugte sie ein und spuckte sie wieder aus.

Ich genoss seine verbotenen Früchte in meinem Mund. Wie sich meine Zunge an ihnen rieb. Und wie meine weichen Lippen seine Haut streichelte. Dann saugte ich seinen

Schwanz ein. Ganz langsam nahm ich seinen harten Lümmel in meiner feuchten Mundhöhle auf. Lukas genoss meine Sonderbehandlung.

Ich spürte jede kleiner Ader an seinem harten Schwengel und die dicke Eichel die über allen thronte. Es machte mir Spaß seinen frechen Lümmel so tief wie möglich in den Mund zu nehmen. So tief, das ich würgen und gurgeln musst. Mein Speichel umschloss seinen steifen Schaft. Als ich seinen Pimmel frei ließ zogen sich lange Speichelfäden von seinem Schwanz zu meinem Munde.

Immer wieder saugte ich sein bestes Stück ein. Mein Schmatzen machte Lukas ganz verrückt. Er stöhnte laut auf. Die Zuschauer wichsten immer schneller im halbschattigen Hintergrund. Auch wenn ich es gar nicht vorhatte, ich wollte mehr von ihm. Bei ihm wollte ich nicht nur einfach blasen.

Ich: "Willst du mich ficken"?

Lukas: "Ja, klar"!

Ich: "Ich will das du mich von hinten fickst! Ich will dich spüren"!

Lukas: "Na komm her, dann fick ich dich"!

Ich zog meinen dünnen String zur Seite und spielte mit meinen Fingern an meiner engen Muschi. Ich presste meinen hintern gegen die Gitterstäbe. Lukas setzte seine flammende Penisspitze an meiner gierigen Möse an. Seine linke Hand griff meine Hüfte. Mit der rechten Hand führte er seinen Schwanz. Mit einem festen Stoß drang seine harte Lanze in mein lüsternes Zentrum.

Ich musste laut aufschreien als ich spürte wie sein eiserner Prügel sich in meiner feuchten Pussy versenkte. Mit jedem Stoß musste ich immer wieder aufschreien. Immer lauter und schriller. Lukas packte jetzt mit beiden Händen mein williges Heck und stieß beherzt immer wieder kräftig zu.

Es gefiel mir mindestens genauso gut wie ihm. Auch Lukas stöhnte immer wieder laut auf. Ich bückte mich ganz tief, soweit das ich mit den Armen hinter mich greifen- und mich an den Gitterstäben festhalten konnte. Ich blickte von unten nach oben, ich spürte und sah wie seine prallen Hoden immer wieder gegen meinen Schritt klatschte.

Lukas stieß dadurch an Stellen die ich selbst noch nicht kannte. Meine Lust steigerte sich von Minute zu Minute. Die Glücksgefühle die meinen Körper durchströmten wurden mit jedem Moment intensiver. Mein Puls schlug bis unter die Decke, mein Herz pochte wie verrückt. Ich bekam fast keine Luft so oft und so arg musste ich aufstöhnen. Mein Liebeshonig lief an meinen Beinen entlang.

Lukas: "Du geiles Stück. Boah bist du schön eng"!

Ich: "Ah, ah, ah! Fick mich Süßer, hör nicht auf"!

Ich konnte kaum reden, so wild verlustierte sich Lukas an meiner schimmernden Lustspalte. Dann spürte ich wie sich sein Schwanz für den Höhepunkt bereit machte. Er schien noch einmal an Größe zuzulegen. Sein Lümmel schien auch noch einmal härter zu werden. Lukas atmete flach, er atmete tief durch. Dann begann sein Schwanz zu zucken. Wie ein wilder Stier sprang sein Schwanz in meiner nassen Möse hin und her.

Schwall für Schwall presste er seinen kostbaren Saft in die Lümmeltüte. Ich genoss sein Zucken.

Sein willkürliches Zappeln. Lukas schrie und stöhnte seine Lust laut heraus. Solange bis er wieder ruhiger wurde. Zufrieden wurde sein Zucken ruhiger.

Dann zog er seinen Schwanz aus meiner Pussy. Er zog sich das Kondom herunter und machte seinen Prügel mit einem Tuch sauber. Zu gerne wäre ich gleichzeitig mit ihm gekommen. Doch es klappte leider nicht. Aber selbst ist die Frau.

Ich legte mich auf das Bett und begann mich selbst zu befriedigen. Ich nahm dafür meinen blauen Dildo den ich in der Handtasche mit mir führte. Die Männer die im Hintergrund leise vor sich hinwichsten kamen jetzt an das Gitter.

Sie sahen mir zu, wie ich mich selbst verwöhnte. Und ich sah ihnen zu. Nach und nach spritzten die Männer ab. Und auch ich kam meinen Orgasmus immer näher. Immer schneller schob ich mir den Dildo rein und raus. Ich stöhnte mich in Ekstase. Gierig leckte meine Zunge fast von selbst über meine weichen Lippen. Meine linke Hand zwirbelte meine Brustwarzen.

Mein Atem stockte, mein Herz schlug wie wild, dann überkam mich endlich mein Orgasmus. Ich verdrehte die Augen. Mein Venushügel bebte, mein ganzer Unterleib zuckte. Pures Glück flutete meinen Körper, ich ließ mich treiben auf einer Welle der Befriedigung. Ich genoss den Moment und lächelte der Decke entgegen. Zufrieden blieb ich ein paar Minuten liegen.

Zwei Männer standen immer noch am Gitter und holten sich weiterhin einen runter. Doch ich war fertig für heute. Ich zog meine Sachen an und verließ die Zelle. Mittlerweile waren noch ein paar Gäste hinzugekommen. Die Blicke der Männer schmeichelten mir. Doch ein wenig mulmig war mir schon als mich ein paar von ihnen bis zum Ausgang verfolgten.

Ich schlich vorsichtig zu meinem Auto. Ich stieg ein und fuhr los. Richtung Heimat, zurück nach Hause. Meine Wechselkleidung zog ich einfach über mein Outfit. Es sollte nicht der letzte Besuch in diesem Kino sein. Und er war es auch nicht.

Zeitfracht Medien GmbH
Ferdinand-Jühlke-Straße 7
99095 Erfurt, Deutschland
produktsicherheit@kolibri360.de